JUMANJI

Para Tom S.

Gracias a Michaela, Allison y Ruth

Primera edición en inglés: 1981
Primera edición en español: 1995
    Primera reimpresión: 1995
    Segunda reimpresión: 1996

Coordinador de la colección: Daniel Goldin
Traducción de Rafael Segovia Albán

Título original: *Jumanji*
© 1981, Chris Van Allsburg
Publicado por Houghton Mifflin Company, Boston
ISBN 0-395-30448-2

D.R. © 1995, FONDO DE CULTURA ECONÓMICA
Carr. Picacho Ajusco 227, 14200, México, D.F.

ISBN 968-16-3666-X

Impreso en Italia. Tiraje 30,000 ejemplares

JUMANJI

CHRIS VAN ALLSBURG

LOS ESPECIALES DE

A la orilla del viento

FONDO DE CULTURA ECONÓMICA
MÉXICO

Mamá dijo:

—No olviden que su papá y yo vamos a traer invitados después de la ópera, así que por favor conserven la casa en orden.

—Y bien en orden —añadió Papá, mientras se acomodaba la bufanda entre las solapas del abrigo.

Mamá se miró en el espejo del corredor y cuidadosamente aseguró su sombrero con un gran alfiler. Luego se inclinó para darle a cada uno su beso de despedida.

Tan pronto se cerró la puerta, Judy y Peter se regodearon. Sacaron todos los juguetes del baúl e hicieron un gran tiradero. Pero su alegría pronto se fue apagando hasta que quedaron en silencio. Al fin, Peter se dejó caer en un sillón.

—¿Sabes? De veras me estoy aburriendo —dijo.

—Yo igual —suspiró Judy—. ¿Por qué no salimos a jugar?

Peter también tenía ganas de salir, así que los dos corrieron hasta el parque, del otro lado de la calle. Era un frío noviembre. Los dos niños veían salir vapor de sus bocas al respirar. Se revolcaron en las hojas, pero cuando Judy quiso llenarle el suéter de hojas a Peter, éste dio un brinco, echó a correr y se escondió detrás de un árbol. Su hermana lo alcanzó y lo encontró arrodillado al pie del árbol, con la mirada clavada en una caja larga y delgada.

—¿Qué es eso? —preguntó Judy.

—Parece que es un juego —contestó Peter—; y le dio la caja.

—"JUMANJI" —leyó Judy—: "UN JUEGO DE AVENTURAS EN LA SELVA".

—Mira esto —dijo Peter, que había descubierto un recado pegado debajo de la caja. Se leían estas palabras, escritas con la letra de un niño: "Juego gratuito, diversión para algunos pero no para todos. Posdata: léanse cuidadosamente las instrucciones."

—¿Quieres llevártelo a casa? —preguntó Judy.

—Tal vez no —contestó Peter—. Estoy seguro de que alguien lo dejó ahí porque es un juego muy aburrido.

—Por favor —replicó Judy—, vamos a probarlo. ¡Te juego una carrera hasta la casa! —Y salió corriendo con Peter pegado a sus talones.

Cuando llegaron a casa, los niños vaciaron las piezas del juego sobre una mesita para jugar a las cartas. Se parecía mucho a los juegos que ya tenían. Había una tablita que se desdoblaba y en la que se veía un caminito de cuadros de colores. Cada cuadro tenía escrito un mensaje. El camino empezaba en una selva espesa y terminaba en Jumanji, una ciudad de edificios y torres dorados. Peter empezó a agitar los dados y a jugar con las otras piezas que había en la caja.

—¡Deja esas cosas y pon atención! —le dijo Judy—, voy a leer las instrucciones: "Jumanji, una aventura en la selva, especial para niños que se aburren y que no pueden estarse quietos.

"A. Un jugador escoge su ficha y la coloca en lo más tupido de la selva. B. El jugador echa los dados y mueve la ficha por el camino entre los peligros de la selva. C. El primer jugador que llegue a Jumanji y grite en voz alta el nombre de la ciudad se convierte en ganador."

—¿Eso es todo? —preguntó Peter, con aire decepcionado.

—No —respondió Judy—, hay algo más, y está escrito en mayúsculas: "D. MUY IMPORTANTE: UNA VEZ QUE HA EMPEZADO UN JUEGO DE JUMANJI, NO PODRÁ TERMINAR SINO HASTA QUE UNO DE LOS JUGADORES LLEGUE A LA CIUDAD DORADA."

—¡Ay, sí! —contestó Peter con un gran bostezo.

—Ten —le dijo Judy, mientras le daba los dados—, tú juegas primero.

Peter soltó los dados con desgano.

—Siete —dijo Judy.

Peter movió su ficha al séptimo cuadro.

Judy leyó: "El león ataca, retroceda dos espacios."

—¡Uy, qué emocionante! —dijo Peter con una voz realmente poco emocionada. Al alcanzar su ficha, miró a su hermana: ésta tenía una expresión de horror absoluto en su rostro.

—Peter —susurró—. Voltéate despacio, muy despacio.

El niño se dio la vuelta sobre su silla. No podía creer lo que estaba viendo. Ahí, recostado sobre el piano, estaba un león, que miraba fijamente a Peter y se relamía los belfos.

El león rugió con tal fuerza que Peter se cayó de la silla. El enorme gato brincó al piso. Peter ya se había puesto de pie y echó a correr por toda la casa con el león a un lengüetazo de distancia persiguiéndolo. Corrió al primer piso y se echó un clavado debajo de una cama. El león trató de seguirlo, pero su cabeza se atoró. Peter salió a rastras, corrió fuera del dormitorio, y cerró de un golpe la puerta tras de sí. Se encontró, jadeando, en el vestíbulo, junto a Judy.

—No pienso que… quiera seguir… jugando… este juego —dijo al fin, entre bocanadas de aire.

—Pero tenemos que seguir —le contestó Judy mientras lo ayudaba a bajar las escaleras—. Estoy segura de que eso es lo que quieren decir las instrucciones. Ese león no se irá hasta que uno de nosotros gane el juego.

Peter estaba de pie junto a la mesa.

—¿No podríamos llamar al zoológico y pedir que se lo lleven?

Arriba se oían los rugidos y zarpazos sobre la puerta del dormitorio.

—O tal vez deberíamos esperar hasta que Papá regrese a casa.

—Nadie vendría del zoológico, porque no nos creerían —respondió Judy—. Y además ya sabes qué molesta se pondrá Mamá si se encuentra un león en la habitación. Nosotros empezamos este juego, nosotros tenemos que acabarlo.

Peter miró hacia el tablero. ¿Qué pasaría si Judy se sacara siete también? Habría dos leones. Por un momento, Peter sintió ganas de llorar. Luego se sentó decididamente en su silla, y dijo:

—Juguemos.

Judy tomó los dados, sacó ocho, y movió su ficha. Leyó: "Los monos se roban la comida; pierde un turno". Desde la cocina llegaron ruidos de platos golpeados y de jarras que caían. Los niños corrieron hasta allí, sólo para encontrarse con que una docena de monos estaba destrozándolo todo.

—¡Ay, ay, ay! Creo que Mamá estará más molesta por esto que por lo del león.

—¡Rápido! —gritó Judy—. ¡Hay que seguir jugando!

Era el turno de Peter. Por suerte, cayó en un espacio en blanco. Volvió a tirar. "Empieza la estación del monzón, pierde un turno." En ese momento empezaron a caer pequeñas gotas de lluvia en la sala. Luego un trueno hizo temblar las paredes y asustó a los monos, que salieron huyendo de la cocina. La lluvia se volvió aguacero antes de que Judy pudiera echar los dados.

"El explorador está extraviado; pierde un turno." La lluvia se detuvo. Los niños se voltearon y vieron a un hombre agachado sobre un mapa.

Decía entre dientes: —¡Ay, por Dios, qué mala suerte me tocó esta vez! Tal vez una vuelta a la izquierda ahí… No, no… Una vuelta a la derecha allá… Sí, sí, eso es, creo, a la derecha… o tal vez…

—Perdone usted —le decía Judy, pero el explorador la ignoraba.

—…alrededor de este punto, y luego más allá… No, no… más allá de este punto y alrededor… Sí, está bien… pero entonces… Mmmm…

Judy alzó los hombros y le dio los dados a Peter.

—…cuatro, cinco, seis —contó. "Picado por la mosca tse-tsé; contrae mal del sueño; pierde un turno."

Judy escuchó un zumbido y vio un pequeño insecto que aterrizaba en la nariz de Peter. Peter alzó la mano para ahuyentarlo, pero no alcanzó a hacerlo: dio un enorme bostezo y cayó profundamente dormido sobre la mesa.

—¡Peter, Peter, despierta! —le gritaba Judy. Pero en vano. Tomó rápidamente los dados, y cayó en un espacio vacío. Volvió a tirar y esperó ansiosamente. "Estampida de rinocerontes; retroceda dos espacios."

Tan rápidamente como se había dormido, Peter despertó. Ambos escucharon una trepidación en el vestíbulo, que se hacía cada vez más fuerte. De pronto apareció un tropel de rinocerontes por el salón y el comedor, aplastando todos los muebles a su paso. Peter y Judy se taparon los oídos para no oír los ruidos de la madera que se rajaba y de la porcelana que se rompía.

Peter hizo girar los dados rápidamente. "Una boa se metió al campamento, retroceda un espacio."

Judy gritó y saltó sobre su silla.

—Ahí, sobre la chimenea —le advirtió Peter. Judy volvió a sentarse, mirando con inquietud a la culebra de dos metros de largo que se enrollaba alrededor del reloj de la chimenea. El explorador alzó la mirada de su mapa, miró a la boa, y fue a sentarse en el extremo opuesto de la habitación, junto a los monos que estaban en el sofá.

Fue el turno de Judy, quien cayó en un espacio vacío. Su hermano tomó los dados y sacó un tres.

—¡Oh, no! —se lamentó: "El volcán hace erupción, retroceda tres espacios." La habitación empezó a subir de temperatura y a temblar un poco. Del hueco de la chimenea salió lava fundida. Al caer sobre el agua del piso, el cuarto se llenó de vapor. Judy tiró los dados y avanzó.

"Se descubre un atajo; vuelva a jugar."

—¡Ay, Dios mío! —exclamó, al tiempo que veía a la serpiente desenrollándose del reloj.

—Si sacas un doce, podrás salir de la selva —le gritó Peter.

—Por favor, por favor —suplicaba Judy mientras agitaba los dados. La boa serpenteaba ya hasta llegar al suelo. Soltó los dados. Un seis… y otro más. Judy tomó rápidamente su ficha y la azotó contra el tablero. Gritó: "JUMANJI", tan fuerte como pudo.

El vapor se hizo más denso dentro de la habitación. Judy no podía ver a Peter del otro lado de la mesa. Y entonces, como si se hubieran abierto las puertas y las ventanas, una brisa fresca sacó el vapor de la sala. Todo estaba en el mismo estado en que se encontraba antes de empezar el juego. No había allí ni monos, ni explorador, ni agua, ni muebles rotos, ni boas, ni un león que rugía en el piso superior, ni rinocerontes. Sin decir una palabra, Peter y Judy echaron las piezas del juego en su caja. Cruzaron la puerta como dos bólidos, corrieron hasta el parque, y dejaron el juego al pie de un árbol. De vuelta en casa, guardaron velozmente todos sus juguetes. Pero los dos niños estaban demasiado emocionados como para sentarse tranquilamente. Peter sacó entonces un rompecabezas. Conforme iban poniendo las piezas en su lugar, la excitación fue convirtiéndose en alivio, y finalmente en agotamiento. Antes de haber terminado el rompecabezas, Judy y Peter se quedaron dormidos en el sofá.

—Despierten, niños —exclamó la voz de Mamá.

Judy abrió los ojos. Mamá y Papá estaban de regreso, y sus invitados comenzaron a llegar. Judy le dio un codazo a Peter para despertarlo. Entre bostezos y desperezándose los dos se pusieron de pie.

Mamá los presentó a algunos de los invitados, y luego les preguntó:

—¿Tuvieron una tarde emocionante?

—Sí, mucho —contestó Peter—. Tuvimos una inundación, una estampida, un volcán, y a mí me dio la enfermedad del sueño, y… —La risa de los adultos interrumpió a Peter.

—Bien —dijo Mamá—, me imagino que a ambos les dio la enfermedad del sueño. ¿Por qué no suben a ponerse sus pijamas? Luego podrán terminar su rompecabezas y cenar algo.

Cuando Peter y Judy volvieron a la planta baja, vieron que Papá había llevado el rompecabezas al desayunador. Mientras lo terminaban de armar, uno de los invitados, la señora Budwing, les trajo una bandeja con comida.

—¡Qué difícil rompecabezas! —les dijo—. Daniel y Walter siempre empiezan rompecabezas que no terminan nunca de armar. —Daniel y Walter eran los hijos de la señora Budwing.

—Tampoco leen nunca las instrucciones. En fin —dijo la señora, yendo a reunirse con los invitados—, ya aprenderán.

Los dos niños contestaron: —Ojalá que sí —sin mirar a la señora Budwing. Miraban por la ventana a dos niños que corrían por el parque. Eran Daniel y Walter Budwing, y Daniel llevaba una caja larga y delgada bajo el brazo.